QUESTO LIBRO
L'HA SCRITTO...
MARIA VAGO

QUESTO LIBRO
L'HA DISEGNATO...
SILVIA RAGA

... E L'HA LETTO

*A Emanuele,
con l'augurio di "indossare" spesso
cappelli per momenti belli.*

Testo: Maria Vago
Illustrazioni: Silvia Raga
Progetto grafico: Romina Ferrari
Impaginazione: Simonetta Zuddas

www.giunti.it

© 2012, 2021 Giunti Editore S.p.A.
Via Bolognese, 165 - 50139 Firenze - Italia
Via G.B. Pirelli, 30 - 20124 Milano - Italia
Prima edizione (*Un cappello supercontento*): giugno 2012
Prima ristampa: agosto 2021

Stampato presso Lito Terrazzi srl, stabilimento di Iolo

Maria Vago
Silvia Raga

Il CAPPELLO della RABBIA

GIACOMO HA SEI ANNI E SETTE CAPPELLI. LI TIENE
BEN ORDINATI SU UNA MENSOLA IN CAMERA SUA.
ECCOLI QUI.
E IL SETTIMO DOV'È? CE L'HA SULLA TESTA, GUARDA.

GIACOMO HA SEMPRE
SULLA TESTA UN CAPPELLO.
TRANNE QUANDO DORME.

QUESTO VERDE CON LA VISIERA E LA FACCIA DI
UN ORSO CHE RIDE È IL CAPPELLO DEL BUONUMORE.
INFATTI LO INDOSSA QUANDO È ALLEGRO
E HA VOGLIA DI RIDERE E SCHERZARE.
LO INDOSSA SPESSO.

QUESTO MARRONE, CHE SEMBRA UN PO'
DA COW-BOY, È PER QUANDO ACCOMPAGNA
IL CANE GIOVE NELLA SUA PASSEGGIATA
QUOTIDIANA. È COMODO PER RIPARARSI
DAL SOLE E DALLA PIOGGIA.

QUESTO LILLA PIENO DI PUNTE È PER QUANDO
HA VOGLIA DI STARE DA SOLO.
IN REALTÀ È LA VECCHIA CUFFIA CHE SUA NONNA
INDOSSAVA AL MARE TANTI ANNI PRIMA.
È PERFETTA PER DIRE A TUTTI: "ALLA LARGA!".

POI C'È QUELLO NERO CON LE ORECCHIE,
CHE LO FA SEMBRARE UN TOPOLINO.

QUANDO LO VEDI ARRIVARE CON QUEL CAPPELLO LÌ,
ALLORA DEVI DARGLI QUALCOSA DA MANGIARE.
— IL TOPOLINO HA FAME! — DICE GIACOMO CON
UNA VOCINA SOTTILE COME UNO SQUITTIO.
A VOLTE LA NONNA, PER FARGLI UNO SCHERZO,
GLI OFFRE UN PEZZO DI FORMAGGIO! GIACOMO
PERÒ PREFERISCE GELATI E TOAST AL PROSCIUTTO.

IL BERRETTO COL POMPON COMPARE
QUANDO GIACOMO HA VOGLIA DI COCCOLE.
SE NESSUNO IN QUEL MOMENTO PUÒ
ACCONTENTARLO, GIACOMO SI PASSA IL POMPON
SULLE GUANCE. CHE MORBIDE CAREZZE!
MAMMA E PAPÀ PERÒ SONO MEGLIO, PERCHÉ LORO
GLI DICONO ANCHE DOLCI PAROLE.

ED ECCO QUI L'UNICO CAPPELLO, TRA I SETTE,
CHE HA UN NOME: SI CHIAMA UFFI.
GIACOMO NON PUÒ DIRE "UFFI" ALTRIMENTI
I GRANDI LO SGRIDANO. ALLORA LUI, ANCHE SE
HA VOGLIA DI DIRLO, TIENE LA BOCCA CHIUSA...
MA CORRE A METTERE IL CAPPELLO ARANCIONE.
NON LO POSSONO PUNIRE, UN CAPPELLO.

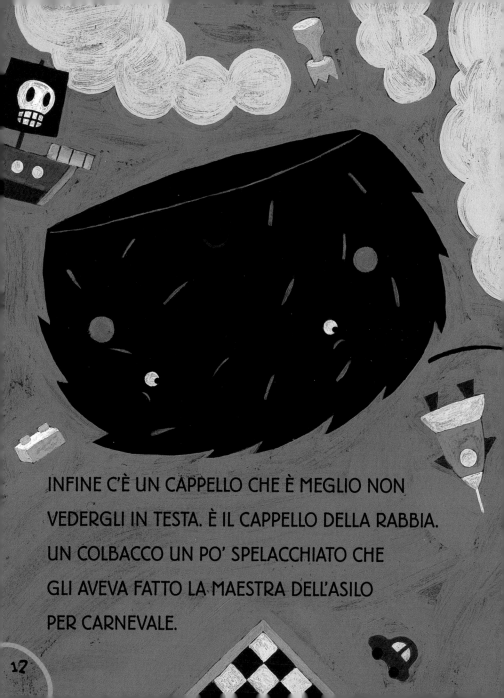

INFINE C'È UN CAPPELLO CHE È MEGLIO NON
VEDERGLI IN TESTA. È IL CAPPELLO DELLA RABBIA.
UN COLBACCO UN PO' SPELACCHIATO CHE
GLI AVEVA FATTO LA MAESTRA DELL'ASILO
PER CARNEVALE.

NO, GIACOMO NON SI ARRABBIA SPESSO.
QUANDO È ARRABBIATO, PERÒ, TRATTA LE COSE
UN PO' MALE: IL COLBACCO È STATO LANCIATO
E PERSINO PRESO A CALCI. SI VEDE, INFATTI.
— POVERINO! — ESCLAMA GIACOMO QUANDO
È DI BUONUMORE. PROMETTE CHE NON LO
TOCCHERÀ MAI PIÙ, POI DIMENTICA LA PROMESSA!

OGGI GIACOMO INDOSSA IL CAPPELLO VERDE.
CHE BELLO, C'È IL VENTO! GIACOMO È SEMPRE
DI BUONUMORE, QUANDO C'È IL VENTO,
GLI PIACE TANTO. ANZI, OGGI È SUPERCONTENTO,
PERCHÉ PASSEGGIA CON IL NONNO: UN'ALTRA
COSA CHE GLI PIACE TANTO.

È COSÌ CONTENTO CHE, MENTRE ATTRAVERSANO
IL PARCO, PRENDE IL CAPPELLO VERDE E LO LANCIA
IN ARIA GRIDANDO: — URRÀ! URRÀ! URRÀ!
LANCIA E ACCHIAPPA.
LANCIA E ACCHIAPPA. LANCIA E...

LA SUA MANO STRINGE L'ARIA. IL VENTO S'È PRESO
IL SUO CAPPELLO E LO TRASCINA VIA, LONTANO.

GIACOMO PER UN PO' LO INSEGUE E GLI VIENE
IL FIATONE TANTO CORRE, POI SI ARRENDE.

A CASA, CORRE SUBITO A INFILARSI IL COLBACCO.

È ARRABBIATISSIMO.

— GLI PASSERÀ — SI DICONO LA MAMMA E IL PAPÀ.

SI SBAGLIANO. GIACOMO TIENE IL COLBACCO,

E IL MUSO LUNGO, TUTTA LA SERA.

IL MATTINO DOPO, A COLAZIONE, HA ANCORA
IL COLBACCO IN TESTA E LA FACCIA SCURA.
— CHE TEMPORALE! — ESCLAMA LA MAMMA.
— SCOMMETTO CHE PIOVERÀ — SCHERZA IL PAPÀ.
GIACOMO NON HA VOGLIA DI SCHERZARE. NON
PIANGE, PERCHÉ ORMAI È GRANDE, MA UN NODO
DI TRISTEZZA GLI CHIUDE LA GOLA.

GIACOMO TIENE IL COLBACCO TUTTO IL GIORNO,
ANCHE QUANDO ESCE CON GIOVE PER
LA PASSEGGIATA QUOTIDIANA.
A CENA, SI PRESENTA A TAVOLA CON IL COLBACCO
E LA FACCIA CORRUCCIATA.

— ADESSO BASTA CON QUESTA STORIA! —
GLI DICONO I SUOI GENITORI. — VOGLIAMO
VEDERTI DI NUOVO SORRIDERE.
— NON POSSO — SPIEGA GIACOMO. — NON HO
PIÙ IL CAPPELLO DEL BUONUMORE. COME FACCIO
A ESSERE CONTENTO?

— CHE SCIOCCHEZZE! — ESCLAMA LA MAMMA.

— CI STAI FACENDO ARRABBIARE!

SE FA QUELLA VOCE LÌ, NON LO AIUTA CERTO

A SENTIRSI CONTENTO.

LA FACCIA DI GIACOMO SI FA ANCORA PIÙ SCURA.

E ANCHE QUELLA DELLA MAMMA…

PER FORTUNA LO SQUILLO DEL TELEFONO LA DISTRAE.
— PRONTO… SÌ, CERTAMENTE! — DICE LA MAMMA
NELLA CORNETTA E POI LO INFORMA CHE STA
PER ARRIVARE IL SUO COMPAGNO DI CLASSE LUCA.

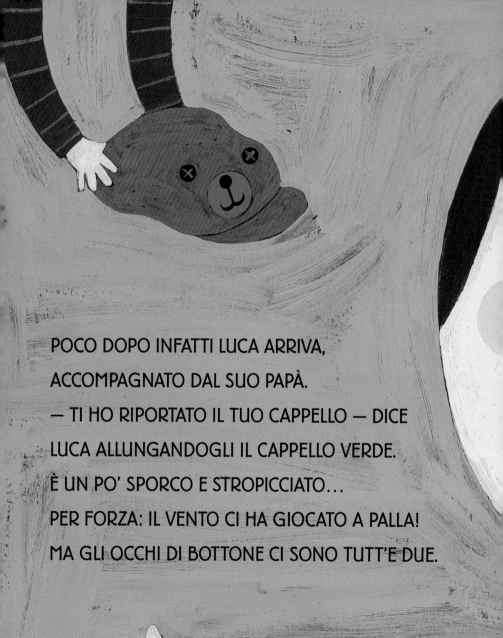

POCO DOPO INFATTI LUCA ARRIVA,
ACCOMPAGNATO DAL SUO PAPÀ.
— TI HO RIPORTATO IL TUO CAPPELLO — DICE
LUCA ALLUNGANDOGLI IL CAPPELLO VERDE.
È UN PO' SPORCO E STROPICCIATO…
PER FORZA: IL VENTO CI HA GIOCATO A PALLA!
MA GLI OCCHI DI BOTTONE CI SONO TUTT'E DUE.

GIACOMO SI STRAPPA IL COLBACCO
E, TUTTO CONTENTO, SI CALCA IN TESTA
IL SUO CAPPELLO DEL BUONUMORE.
UN GRANDISSIMO SORRISO GLI ATTRAVERSA
LA FACCIA E ANCHE GLI OCCHI RIDONO.
— ALLORA FUNZIONA DAVVERO! —
ESCLAMA IL PAPÀ.

LUCA RACCOGLIE DA TERRA IL COLBACCO

E, GIRANDOLO TRA LE MANI, DICE:

— SAREBBE PERFETTO PER LA RECITA…

— QUALE RECITA? — CHIEDE GIACOMO.

— AL CORSO DI TEATRO STIAMO PREPARANDO PETER PAN. IO SONO UNO DEI BAMBINI SMARRITI E SONO VESTITO UN PO' DI PELLI. ME LO PRESTI?

GIACOMO CI PENSA UN PO' SU.

PENSA ALLA GIORNATA COSÌ BRUTTA E TRISTE

CHE HA APPENA PASSATO IN COMPAGNIA

DEL COLBACCO. A COME SI È STANCATO A STARE

SEMPRE CON LA FACCIA CORRUCCIATA.

— PUOI TENERLO — DICE GIACOMO — PER SEMPRE.

IO NON VOGLIO PIÙ USARLO.

LUCA LO GUARDA STUPITO: — DAVVERO? PERCHÉ?

— HO DECISO CHE NON MI ARRABBIO PIÙ.

— IMPOSSIBILE! — ESCLAMA LUCA.

— CIOÈ, MI ARRABBIO, MA POI PASSA SUBITO.

— ALLORA ME LO DAI? BENE, LO USERÒ PER

LA RECITA E POI PER GIOCARE ALL'ESPLORATORE!

LUCA È MOLTO CONTENTO.

MA IL PIÙ CONTENTO DI TUTTI È IL COLBACCO.

SI ERA STANCATO DI ESSERE IL CAPPELLO

DELLA RABBIA E NON VEDEVA L'ORA DI DIVENTARE,

ANCHE LUI, UN CAPPELLO DEI MOMENTI BELLI.

I colori delle prime storie